Story to go

Vol. II

A. Jacobsen

Story to go Vol. II

En slags noveller

Forlag: BoD – Books on Demand, København, Danmark

Tryk: BoD – Books on Demand, Norderstedt, Tyskland

ISBN: 978-87-4300-033-4

OM STORY TO GO VOL. II

Du har nu købt Story to go Vol. II.
Måske har du også købt Story to go Vol. I, og så ved du jo hvad, du går ind til. Men denne gang får du lidt mere for pengene. Du har jo også givet mere, så det er fair nok.

Her får du 5-8 små stories bestående af

- *Et par rim- og kommafrie digte*
- *En drømmetydning*
- *En novelle i tre dele om den ærværdige boghandler og indehaver af Frans Paulichs Boghandel,*
- *Hele to guldbogsinspirerede noveller*
- *Hemmelige rejsetips fra Guldbogen*

En story passer typisk med den tid, det tager at komme fra Flintholm til Vanløse.
Hvis du vel at mærke befinder dig i linie C, der i øvrigt stopper ved alle stationer og læser pænt hurtigt.

Det er læserens eget ansvar at stå af på den rette station.

Der vil med tiden blive udgivet flere skønne historier, du vil køre for langt for at få.

DE DUMME

- et rim- og kommafrit digt

De var alle sammen dumme

De havde alle sammen svigtet mig

Da de ikke skulle gøre det

Den der revne lige midt i solar plexus

der næsten ikke kan hele

Og hvis den gør

bryder den op så let som ingenting

De der tårer der har siddet fast for længe

og smerter i tårekanalen

De har siddet fast for længe

Jeg gik ind i Merete Pryds Helles lejlighed

Der var hyggeligt og hun var sød

Lyset var stille

De er dumme alle sammen

sagde jeg

Hun nikkede forstående

Så holdt vi en fest

Men først spurgte jeg om

hun var søster til Helle Vincentz

I hedder jo Helle begge to

Ja det er jeg

svarede hun - det er der ikke mange der ved

Jeg er venner med hende på facebook sagde jeg

Hun nikkede igen

Ja det har vi talt om sagde hun

Og så var det vi holdt en stor fest

Og var meget glade alle sammen

Og de dumme måtte ikke komme med

De kunne bare blive uden for

Og blive ved med at være dumme

Et lille øjeblik var jeg hel og glad

Tænk at det bare var det

der skulle til

Men så vågnede jeg

Og fandt ud af

At de dumme ikke var gået helt udenfor

FRANS PAULICHS BOGHANDEL

- en efterårsdag

Han har stået længe og stirret ud i støvregnen. Der har slet ingen kunder været. På mange måder en skøn morgen. Han kan godt lide stilheden. Han tager det gamle emaljerede blikkrus, hælder en halv kop kaffe op. Den er blevet kold og har den bitre, brændte smag af billig filterkaffe, der har stået for længe på pladen. Lige som han godt kan lide den. Solen bryder igennem, et vindpust tager fat i en gylden bunke løv og byder bladene op til dans. Som farverige folkedansere i en legende koreografi.

Til tider, når der ikke er kunder, går luften ud af ham. Nu er det ellers tid til at tage støvekosten og give de smukke mahognireoler en overhaling. Tage hver sektion bøger ud, støve dem forsigtig af, både hylder og bøger, efterse alfabetiseringen og emneplacering. De unge assistancer har ingen ide om, hvordan man stiller bøger på plads. De kan stå og stirre fortabt på en hylde og sige, jamen, der er ikke plads. Så ryk dog rundt på bøgerne, for pokker da, de må gerne flyttes. Faktisk har han ofte været ude for at en bog, der ellers er 'død', bliver solgt straks efter, at han har rørt den. Men nu har der ikke været assistancer længe. De er enten selv holdt op, eller også har han bedt dem om at holde op. Der har ikke været nogen med den rette indstilling.

Nogle gange kommer der en kunde og laver en lille opvisning: *Se lige mig en gang - ih, hvor er jeg litterær. Jeg har læst den og den og den og den.* Og her er det meningen, boghandleren skal nikke imponeret. Men alle de titler, der nævnes, har han selv læst, og de fleste læste han som barn og ung, så nej, han bliver ikke imponeret, men undertrykker et gab, og kunden fortsætter ufortrødent. *Bla, bla, bla og nu vil jeg gerne udfordres og helst læse på originalsproget.*

Originalsprog, haha, han dør af grin. Det eneste originalsprog, udover dansk, kunden typisk har kapacitet til, er engelsk. Han skal give dem originalsprog. Så han foreslår 'Trækopfuglens krønike' af Murakami. Han har skaffet en (original) japansk udgave hjem og rækker den til kunden. Og så siger kunden, jamen, jeg kan ikke japansk. Nå det kan du ikke, men så skal du måske ikke stå og forlange bøger på originalsprog, vel?

Det siger han dog ikke højt. I stedet peger han træt på reolen ved pejsen og fortæller, at de engelske bøger står der. Han har sat dem der i håb om, at de vil antænde.

Det er en anden ting, der er lidt irriterende. Den pejs. Alle falder i svime over den. Pejsen er et ombygget ildsted fra det gamle køkken. Ja, ja den er fin. Ja, det ser fantastisk ud, pejsen, den gamle vindeltrappe og svalegangen. Men skal vi snakke om det hele tiden?

Hver evige eneste dag? Med hver en kunde? Ja, åbenbart.

Boghandlen er en ombygget kro i to plan. Og den smalle indvendige svalegang er perfekt til antikvariske bøger med smuk, klassisk indbinding. Det er bestemt ikke alle kunder, han tillader at komme ovenpå. Det meste er hans private samling, og der er meget lidt af det, han vil sælge.

Her har han tilbragt det meste af formiddagen. Taget enkelte af kronjuvelerne ud, bladet frydefuldt og forsigtigt i dem. Især en af bøgerne er højt skattet, en kommenteret udgave af 'En dansk students eventyr'. (Med indledning og forklaring af A.N. Brorson Fich). Han har netop genlæst en passage om Poul Martin Møller som student og er i næsten helt godt humør igen:

Var han alene i Værelset, hvad der kunde hænde, da han gik lige ind, yndede han at bese Boghylderne og trække Bøgerne frem; fandt han en, der interesserede ham, kunde han tage den med hjem for at studere den i Ro.

FRANS PAULICHS BOGHANDEL

Dagen var ikke startet helt så godt. Han var blevet nødt til at åbne senere til morgen, og det brød han sig ikke om. Men den ene brillestang på læsebrillen var knækket, og han ville høre optikeren inde ved siden af, om han kunne reparere den. Det kunne han ikke. Brillen var åbenbart knækket et helt forkert sted i forhold til optikerens faglige formåen. Skulle det ikke bare limes? Han måtte vel lime den selv så.

For at føje spot til skade havde optikeren foreslået boghandleren et par nye briller. Nye briller?
Det kunne der ikke blive tale om. Men optikeren talte sig varm, og så var det hele blev for meget for ham. Til slut havde han hvæset ad optikeren.
- De skal ikke blande Dem i, om jeg skal have glidende overgang, havde han sagt. Han ville gerne have smækket med døren, men det blev umuliggjort af de her nymodens, automatiske skydedøre.

Han kan selv få glidende overgang, brillemanden. Han tror han er så snedig. Boghandleren havde haft sine nærsynsbriller på. Aha, tænkte kloge brillemand, så han bruger både nærsynsbriller og læsebriller! Ja, men det kan da virkelig ikke komme ham ved!

Han tænker tit over, at han skal være bedre forberedt til den slags bagholdsangreb. Hvis bare man kendte folks skjulte dagsorden. Men det var jo humlen ved det. Det gjorde man ikke.

Alligevel vil han fremover prøve at være mere skarp. Sådan en lille, indbildsk opkomling!
Hvor længe har optikeren måske ligget der? Små tyve år? Og hvor længe har ikke hans egen ærværdige butik stået? Til næste år er det et hundrede og tresindstyve år. Én af de ældste boghandlere i Danmark, og han har selv stået ved roret i halvtreds år, siden han, sytten år gammel, pludselig måtte overtage efter sin kære gamle farfar. Æret være hans minde.

Ja, han må være mere vaks ved havelågen, som man siger. Er det monstro en vending fra gode gamle dage, da der eksisterede en kongelig post-etat med høflige bude i røde jakker, der nidkært leverede post i al slags vejr. Men en af budene havde ikke forstået opgaven og sprang gerne et hus eller to over for at komme hurtigt igennem ruten. Og man skulle derfor være vaks ved havelågen, hvis man ville have sin post?

Eller er det fordi man skal ud til havelågen, der jo ligger ud mod vejen, for der at holde et opmærksomt øje med folks gøren og laden, så man ikke går glip af seneste nye fra andedammen?

For der er vel næppe tale om en særlig opmærksom hund ved havelågen. (Der hedder Vaks.) Han grynter lidt af sin egen morsomhed.

Han vil undersøge det senere, hvad det kommer af.

FRANS PAULICHS BOGHANDEL

- senere den efterårsdag

Den unge pige, der hjælper til, har han fået gratis fra kommunen. Hun skal lære at arbejde igen, eller hvordan det er. Hun er ikke mødt ind endnu, men kan komme hvert øjeblik. Det er ikke så godt med hende. Når kunderne stiller selv de simpleste spørgsmål, glor hun dumt og siger - undskyld, men jeg er ikke rigtig ansat her. Jeg henter lige en voksen. Hun siger, hun har arbejdet i en børnehave.

En kunde tager for eksempel fat i en bog og spørger,
- Hvad koster denne her?
- Det ved jeg ikke, siger pigebarnet, - 15-30 kroner eller sådan noget?
Kunden løfter irriteret øjenbrynene.
- Jeg vil gerne vide, hvad den koster!
Pigen ser fortvivlet på kunden.
- Altså, jeg ved det virkelig ikke. Kommer det sig så nøje? Så blæser hun en tyggegummiboble, der brister og sender små spytperler op i luften, eller hun foretager sig andet ungdommeligt pjank som at rode sig i håret, og boghandleren må tage over.

Selv om det virker anmassende med kundernes spørgen til pris hele tiden, er de dog i deres ret til at kende den, inden de indgår en handel. Og han kan alle priser udenad. Han ændrer dem nemlig aldrig. Så når lille fru Oplyst-Forbruger med tegnede øjenbryn langt

oppe i panden spørger, om han prismatcher, svarer
han:
- Naturligvis, frue, De kan få varen til nøjagtig samme
pris som i går.

En mere irriterende ting er, når kunderne insisterer
på, at der skal bånd på en indpakning. Som om det
ikke er fint nok, at han har pakket den ind. Han orker
det bare ikke, har aldrig rigtig lært det der fjollede
krølleri med saksen. Han lader som om, han leder efter
bånd, men i virkeligheden kigger han i kartotekskassen
under disken, hvor han har håndskrevet en række kort
med undvigemanøvrer. Han trækker et tilfældigt for
variationens skyld, så han ikke står og siger det samme
hver gang.

Når han kommer i tanke om en ny afvigemanøvre,
noterer han det straks og lægger kortet ned til de andre.
Han har efterhånden en hel pæn samling. Han trækker
et kort og læser: *Bånd? Kassettebånd?* Den var sjov
dengang i 70'erne. Kunden lo og sagde nej, haha, jeg
mener sådan en snor du ved... til gaven.
- En snor? Skal De da gå tur med den?

Han trækker et nyt kort. Åh, det er hans favorit:
Bånd? Er det til at barn? Ok, javel, 1 års-fødselsdag? Det
må jeg stærkt fraråde. Barnet sidder og flår pakken op,
og mens I voksne kigger den anden vej og drikker
kakao med flødeskum, får barnet held til at strangulere

sig selv med det fine bånd, og ups, så er der pludselig ikke noget at fejre! Jeg kan simpelthen ikke anbefale det. (Her bliver de fleste kunder bare tavse. Eller kommer med et lille uha, nej, det skal vi ikke have noget af.) En enkelt havde sagt - Gud, det ville jeg aldrig selv have tænkt over. Men hun lignede heller ikke en, der nogensinde tænkte.

Så er der spøgefuglene, der blinker konspiratorisk og falbyder små dumheder. En dag havde der været en ellers nydelig herre, der foreslog, at når nogen købte en blyantspidser, skulle boghandleren spørge: Spidse her med hjem? Boghandleren havde stirret tomt på manden, som fortsatte ufortrødent: - Jo, ligesom på kineser- take-aways! Spise her med hjem?
Ja, men der er 'd' i *spidse*, og det er der ikke i *spise*. Hvor er det sjove? Har De mon nogle børn, hr., De kan underholde med den vittighed, havde han tænkt, men havde dog ofret et høfligt smil for mandens forsøg.

Den unge fra kommunen er mødt ind og er ved at betjene en af de voksenkloge, som han i sit stille sind har døbt dem. Dem der køber en FAGBOG. De har QUA deres faglighed en del unyttig viden og kan italesætte og alt muligt andet horribelt nonsens, der burde nægtes adgang til en nudansk ordbog. De taler højere end nødvendigt og formelig savler af selvtilfreds velvære, når de efterspørger en bog, der er varegrupperet under politik eller debat. Altså, som om det er rigtig fagbøger! Han har lyst til at stikke dem en ægte fagbog med alenlange formler eller svært tilgængeligt kancellisprog. Han kan nok godt finde et par stykker ovenpå. Han skal i alle tilfælde tage over nu, for den unge fra kommunen er igen nået til et kritisk punkt:

- Altså, jeg ved det virkelig ikke, siger hun og purrer op i håret, så det stritter værre end før. Hun ser appellerende på ham med store blanke øjne.

Dagen går på hæld, og der er kun få minutter til lukketid. Han beder kommunepigen tage varerne ind fra gaden. En kvinde kommer op til disken med en bestsellerkogebog. Hun taler højlydt i sin mobiltelefon og slår en skinger latter op. Hun peger og gestikulerer, at bogen skal pakkes ind.

- Et øjeblik, siger boghandleren, løfter røret på den gammeldags telefon, han har stående på disken til netop dette formål. Så brøler han: HAHAHA ind i røret, lægger det i klemme mellem øre og skulder, ser på kunden og spørger:

- Er der nogen bestemt farve papir, fruen ønsker gaven pakket ind i? Og ind i røret: - Nej, det var ikke til Dem, det var til kunden. - JA, HAHAHAHA . JA, den er god.

Han lægger papiret sjusket på, sørger for det revner og taper et langt stykke gaffatape henover revnen.

- Sådan. Ja, undskyld, men det bliver bare ikke så godt, når vi skal snakke i telefon imens. Kunden stirrer vantro på ham, vælger dog at betale og tage den ynkeligt indpakkede bog med sig.

Han lægger røret på plads, tæller kassen op og sender kommunepigen hjem. Så går han ud i baglokalet. Her undersøger han om kontaktlimen har gjort sit arbejde med brillestangen. Jo, det holder. Det ender alligevel med at blive en rigtig fin dag, tænker han, mens han går op ad trappen til skatkammeret.

EN KOP KAFFE TIL 80 KRONER

- Ellens drømmetydning

Ellen drømte, at hun gav 80 kroner for en kop kaffe. Men så var den også med soyamælk, rørsukker og vanilje.

I drømmen tænkte hun, at det var mange penge, og hun håbede virkelig, at kaffen var alle de penge værd. Samtidig undrede hun sig over, at være havnet i den situation. Hvem ved sine fulde fem vil give så meget for en kop kaffe? Hun må have fået den af en anden. (Som ikke har været ved sin fulde fem.) Som om hun ville give så meget for en kop kaffe? Hun var ved at tage en slurk, da hun vågnede ved agerhønens kaglen uden for sit vindue. Hun ærgrede sig over, hun ikke nåede at smage kaffen, når nu den havde været så dyr.

Men hvorfor drømmer jeg det, tænker Ellen. Man drømmer jo ikke sådan noget for sjov. Drømme har et budskab. Hun tager notesbogen og den røde kuglepen fra natbordet, sætter sig hurtigt til rette med puden i ryggen og skynder sig at skrive drømmen ned. Den må da betyde et eller andet?

Under det korte referat af drømmen, noterer hun:

Får jeg ting, jeg ikke (synes) jeg fortjener?
(Er) jeg fornæret (overfor) mig selv/ANDRE?

Hun stopper det med parenteserne. Det var et forsøg på at udelukke ord, der ikke, eller i meget ringe grad, kan værdilades. Men ved nærmere eftertanke beslutter hun, at alle ord kan værdilades, alt efter hvordan man associerer. Hvis man f.eks. hører ordet *at* og straks kommer til at tænke på en *kat* og godt kan lide katte, så er det godt (og ellers er det skidt.) Hun noterer igen, nu uden parenteser.

Burde jeg give mig selv en kop kaffe til 80 kroner?

Nej, tænker hun. Hvis det sker for tit, bliver jeg fattig, ja, måske endda hjemløs. PLING. Der var den! Hun noterer:

Budskab = Jeg skal give en kop kaffe til en hjemløs!

Hun forkaster det dog straks efter. Hun kan da godt give en hjemløs en kop kaffe, (selvfølgelig ikke til 80 kroner) men er det ikke lidt meget fra det underbevidstes side at lave en hel drøm med det budskab? Hun vil prøve at arbejde lidt med symbolikken. Hvad siger de enkelte symboler?

80 kroner = et pengebeløb, skriver hun.

Men hvad er penge? Et kunstigt skabt byttemiddel. Noget der i sig selv ikke har anden værdi end den tillagte. I princippet kunne man ligeså godt bytte grydelåg, og de har i det mindste en nytteværdi. En krone kan også være en kongelig hovedbeklædning, men 80 af dem for en kop kaffe er alligevel i overkanten.

Tallet 80 er muligvis også et symbol. En ol, som det hedder, hvilket er lig fire snese. Det lyder lidt som det engelske ord for at nyse. Sneeze. Det giver ikke umiddelbart mening.

Kaffe = eksotisk varm drik / varme lande.

Kaffen kommer blandt andet fra lande, hvor der bor indianere. Hun har altid været meget tiltrukket af indianere og deres tro på Moder Jord, deres balancegang mellem jordbundethed og overtro. Deres ritualer og symboler. Mon der er noget her?

Soyamælken?

Soyamælk er et vestlig produkt. (Vest for hvad?) Ernæring /noget sødt - Symbol på modermælk? Vestlig modermælk måske?

Vanilje = et eksklusivt og eksotisk krydderi.

Vanilje er en gammel handelsvare fra kolonitiden.

Kolonialvare, trekantshandel, slaveri?

Vaniljen kommer blandt andet fra Mauritius, hvor Ellen engang har tilbragt en fantastisk ferie. Hun mindes, hvordan hun sammen med en lille gruppe har kørt på terrængående køretøjer i et naturreservat, badet i junglevandfald, og set masser af delfiner (ude på havet, ikke i vandfaldet.)

Rørsukker = som vanilje - også en kolonialvare m.m.

Er der dobbelt op her? Et symbol der virkelig betyder noget?

Hun løber notaterne igennem, mens hun bider i spidsen af kuglepennen. (En virkelig dårlig vane, der ofte ender med at hun har en rød blækklat i mundvigen.)

Grydelåg, indianere, kongekroner, delfiner, et engelsk nys, slavehandel gange 2?

Det virker ikke, som der er noget klart budskab. Er hendes tolkning ved at ryge af sporet? Måske er det bare ikke alle drømme, der giver mening, tænker hun, forlader den varme dyne, smutter ud i køkkenet og laver sig en kop kaffe. Efter en pludselig indskydelse kommer hun en smule varm, pisket soyamælk i og tilføjer et drys vaniljesukker blandet med rørsukker.

Hun kaster et blik ud af vinduet, får øje på agerhønen, der stadig kagler glad, og smiler venligt til den. Blikket glider over til fyrretræet, hvor et par musvitter vimser planløst rundt. Og idet hun tager en tår af kaffen, bryder solen frem bag en sky. Smagen af den mørkristede kaffe med hint af vanilje, sødmen i det bitre og den lidt cremede afrunding - Uhm, *det* giver mening. Sikke en dejlig morgen.

GULDBOGEN

- en introduktion

Køber du dig fattig i 'Turen går til', 'Lonely Planet' og Michelinkort, når du skal ud at rejse? Måske skøjter du rundt i uendelige googlespiraler og går i et slags overstimuleret loop, der resulterer i en *føler-sig-forvirret*-facebookopdatering.

Du har nu en ny mulighed. Tjek din seneste Story to go samling og se om Guldbogsafsnittet ikke lige netop indeholder det rejsetip, du står og mangler.

Guldbogen er en lille bog af guld. Både inden i og udenpå. Der er sådan set ikke guld uden på; det er bare en farve. At der er guld indeni er også blot en metafor for det dyrebare håndskrevne indhold.

Jeg har Guldbogen med mig på rejser, hvor jeg noterer, ja, guldkorn i. Det kan være ting, jeg bør huske til næste gang, jeg besøger stedet, eller ting jeg bør undgå. Det kan også bare være små farverige indtryk.

Her i Story go Vol II. øser jeg for eksempel ud af mine oplevelser fra Maldiverne og Spanien, plukket direkte fra Guldbogen, den lille uegennyttige guldgrube af fifs.

(Endnu et lille fif: Når du er træt af læse i min guldbog, kan du lave din egen. Sådan gør du: Køb en guldbog, rejs, skriv og tegn i bogen. VOILA - du har nu din helt egen pivprivate lukkede guldbog. Selv tak, min ven.)

MED GULDBOGEN TIL MALDIVERNE

Du får her nogle små glimt fra Maldiverne. Og du vil måske finde svar på, hvad man kan lave sådan et sted, og om det virkelig er så bountysmukt, som man ser det på billeder. Noget er direkte klip fra Guldbogen, andet er redigeret en anelse med en forfatters ret til at pynte på historien.

Sluttelig får du igen en guldbogsinspireret novelle, en historie om en transportminister.

GULDBOGSKLIP

- en dag på Maldiverne:

Haha, hæhæ, jeg gjorde det! Svømmede med hvalhaj. Ja, jeg så den. Det karakteristiske bambimønster: hvide prikker på mørkere skind. Den svømmede under mig lidt fremme. Der var ganske få meter mellem os. JA, du hørte rigtig en HVALHAJ. Jeg er stolt. Det var en vild oplevelse.
Vi sprang i flere gange, anden gang så jeg kun skyggen af den, men fedt alligevel.

På selve turen blev underholdningen blandt andet leveret af 'Den sovende kineser'. Han sad ret op og ned i en eller anden dyb koma-tilstand. Ind i mellem hans søvnanfald lykkedes det ham at iføre sig svømmemaske og den ene svømmefod. Da vi andre var på vej ned til hvalhajen, vågnede han med et sæt og øjnene plirrede tegneserieagtig rundt bag masken. Tror han faldt i søvn igen, for da vi returnerede efter hvalhajsdykket, ledte han febrilsk efter sin anden svømmefod. Måske havde han taget en søsygepille? De kan godt virke søvndyssende. Eller måske noget angstdæmpende? Hvis nu manden både er bange for vand, andre turister og hvalhajer er det en oplagt situation at komme til at overdosere.

Af mere opløftende indslag var der en flok springende delfiner, der kom meget tæt på båden, flyvefisk og en lille skildpadde, der dog hurtigt gemte sig væk igen.

På båden var der også to midaldrende italienske familiefædre, der opførte sig som to 5-årige, der skiftes til at slå en prut og le larmende af det. De fjollede uophørligt rundt, knækkede sammen og spruttede af grin. (Vi så dem flere timer senere, hvor de sad stille og drak kaffe med deres koner og opførte sig forbløffende mere alderssvarende.)

Sidder lettere solskoldet, men ret lykkelig og guldbogsopdaterer i dejligt iskoldt værelse - spiser et par medbragte saltbomber. Den kombi kan anbefales.

GULDBOGSKLIP

- en anden dag på Maldiverne:

Tidligt op til lang, lang sejltur med den lokale havbiolog, Bio-Hannah, som vi kaldte hende og bådddrengene. Ihærdig indsats fra deres side på at lokalisere mantaer. Og så var den der!
Ikke bare een, men to mantarokker. Og ja, selvfølgelig hoppede jeg i, selvom jeg var rædselsslagen, mere bange end for at svømme med hvalhaj, men al min angst blev gjort til skamme.

Det var meget smukt og meget stille - stor oplevelse. De fløj rundt dernede med deres yndefulde bevægelser og blev nurset af små pudsefisk. Jeg blev rørt over, hvor fint det var.

Og i lettere overgearet glæde skrev jeg på FB noget i retning af

- Mantastic! This experience ougth to be *mantatory*

Synes selv, den var megasjov.

Så gik turen til skildpadderevet, hvor vi så et par baby - skildpadder, eller måske teenageskildpadder, men de var i hvert fald meget små. Der var vildt meget strøm, og man skulle kæmpe hårdt for at blive samme sted. Bio-Hannah oplyste os om, at skildpadderne aldrig forlader revet - de bor der hele deres liv. Når de kan bo der i 100 år, så kan jeg også kæmpe mod strømmen og blive der to minutter til, tænkte jeg.

Fik øje på en stor skildpadde, der nærmest stod på hovedet for at snuppe sig en koralsnack. Den bed hårdt til og knækkede en pæn knast af en død koral - en stor 'støvsky' stod op fra koralen, og jeg kunne næsten høre det knase. Tænkte over, at der nok var flere gode grunde til ikke at komme for tæt på sådan en fætter, udover at man selvfølgelig ikke må genere dem.

Da vi kom hjem snorklede vi en tur langs husrevet og så 'hornfisk' og næsefisk. Sidstnævnte har sådan en lang næse, nærmest som en snabel, der sidder der dumt mellem øjnene. En af dem slog følge med mig og gloede på mig sådan: *HEY-hvad-er-du-for-en-underlig-een?* Efter 7-8 meter blev det for meget, og jeg gav den *'tal-for-dig-selv'*-blikket. Den kunne tage det.

Så fik jeg øje på en stor gul eller hvidplettet trigger af en art, men har ikke fundet ud af, hvad den hedder. En lille knaldblå fisk kom også nysgerrigt hen til mig. Den er sildeagtig i formen og sort på 'haleroret'. Meget, meget fin.

Ja, der er et hav (haha) af flotte fisk, og jeg opdager nye hver gang jeg snorkler en tur.

TRANSPORTMINISTEREN

- en novelleagtig guldbogshistorie

OBS. Denne historie har også været bragt i Mies Bogrum www.bogrum.dk, så du har nu følgende muligheder:
1) Læs for første gang
2) Genlæs
3) Spring over
#) Luk bogen

Til et coktailparty specielt til ære for repeaters - sådan nogle som os, der genbesøger Vilamendhoo-atollen - falder vi i snak med øens transportminister. *Falder i snak* er måske en frisk tolkning, idet han venlig men bestemt er blevet puffet hen til os af den ledende manager, der præsenterer os for hinanden: Repeaters - Minister of transport. Vi smiler høfligt på vippen til overbærende: *Transportminister?* Altså, helt ærlig - vi er på en ø, der er 900 meter i omkreds.

Jeg er ikke meget til smalltalk, kun når jeg skriver, men nu står vi på en palmeklædt bounty-strand i solnedgang udstyret med maldivisk fortolkning af sangria og fri adgang til et væld af lækre canapeer og petit-alt-mulig, så jeg er venlig stemt.

Men efter at have styret sikkert gennem: *Yes, we are from Denmark - Long travel - Yes, Denmark is cold. No, no snow this year, not snow every year,* tager samtalen en drejning, da vi bekræfter, at vi har set turtles ude på revet. Vores vært har åbenbart også tænkt, at snakken gik lidt trægt, for pludselig læner han sig konspiratorisk frem, og vi fornemmer at noget stort er på vej og ganske rigtigt. Han indvier os i en meget interessant teori.

Det viser sig, at skildpadderne, 'løbefuglene', the lizards, ja sågar myggene ikke gider at respondere på de lokale. Det gælder skam også hvalhajerne og mantaerne. Dyrene kan nemlig godt mærke, at de lokale er skideligeglade, for at sige det på godt dhivehi (maldivisk). Ja, dyrene nærmest flygter fra dem, fordi de ikke udstråler samme empati og *connection*, som f.eks. min kæreste og jeg gør. Her nikker vi og smiler stort. Den teori, kan vi da godt lide, og det forklarer jo også, hvorfor vi både får svømmet med havskildpadder, hvalhajer og mantarokker. Eller måske stak det af for transportministeren Vi ved det ikke.

Han runder af med at synge en lille sang for os efter at have fortalt, at han synger med i et band og ofte giver et nummer på karaoke-aftner, hvis ikke gæsterne griber mikrofonen. Vi kvitterer med at nynne en enkelt strofe fra Uriah Heeps 'July Morning', og anbefaler ham at lytte til hele sangen, hvis han skulle være fristet efter sådan en teaser og ellers er til god, gammel rock.

Transportminister, høhø, siger vi til hinanden, mens vi sopper tilbage med babyhajerne i vandkanten. Men så går det pludselig op for den kloge af os, at det måske er et af de vigtigste job på den lille ø, der får alt udefra. Det er selvfølgelig ikke den interne trafik, der udfoldes på to grusveje af 1 ladvogn og en 1 kabinescooter, der er hans udfordring. Den tanke morer den barnlige af os sig ellers kongeligt over.

Men hør lige: Der bor op til 750 mennesker på øen - 400 ansatte og 350 gæster. Vandflyveren lander mindst 3-4 gange dagligt og bringer nye gæster og tager de 'brugte' retur. Den lander ved en tømmerflåde ude i vandet, og en båd sejler ud fra øen og henter de ankomne. Hvis nogle skal med et tidligt fly fra Malé, må vandflyveren 'overnatte' ved broen og piloterne sejles ind til øen for natten, for der flyves kun i dagslys. Hvem arrangerer logistikken her?

Der skal store forsyninger af mad og drikke til 750 mennesker. Der skal fyldes olie på hovedtanken midt på øen, der skal være sæbe og toiletpapir på værelserne, der skal bruges rengøringsmidler, og der skal håndteres en del affald, der sejles væk fra øen. Forskellige skibe og både skal dagligt lægge til for at levere varerne. Der er to anløbsbroer, der skal klare modtagelsen af alle skibe. Og hvem styrer at bådene kan anløbe?

Oveni kommer alle de daglige ture, vi som gæster har glæde af: mantatur, skildpaddetur, solnedsgangsejlads og sejltur til naboø og andet. Det stopper ikke her, for der er også transport af bandet, der underholder lørdag aften, og optrædende til kulturaften.

Ja, alt dette (og sikkert meget mere) styrer vores trafikminister slash karaoke-king, så vi er helt beærede over, at han kunne afsætte 10 minutter til at fortælle om sin spændende dyreteori og sin fritidsinteresse som karaokesanger.

SLANKETANKER

et rim- og kommafrit digt

Vægten var dum til morgen

Den havde grimme tal til mig

Du skal ikke tale grimt til mig

Sagde jeg

Hvad hvis nu jeg kun spiser

 3 bitte små gulerødder

i dag

(og en lille ært)

Og drikker vand

Vil du så tale pænt til mig i morgen

Den svarer ikke

Klart nok

Den er jo ikke til at stole på

Svinger alt for meget

Måske skal den kalibreres

For jeg spiser kun meget få kalorier

Og vejer ikke SÅ meget

Som den siger

Hvad mon en kalorie vejer?

Sidder der også kalorier inde i en flødebolle?

Det er jo næsten kun luft

Nej?

Nå men den der mørke kant i en kartoffelchips

Er det ikke kalorier

der er (for)brændt?

Så det kan man godt spise

Nej?

Så har jeg nok fået for mange

Uha - jeg har fået for mange

Jeg må løbe

COSTA TROPICAL, ANDALUSIEN

- Guldbogstips pakket ind i lille håbløs novelle

Flyet landede med et kontrolleret blødt bump og taxiede på plads med vuggende bevægelser. Endelig fremme. De har været fem timer undervejs. Åh, det skal gøre godt med en kold Cervesa. Muy frio o fresco. Det vil hun sige, når hun bestiller. Meget kold eller kølig, haha. De fleste tjenere kan godt lide, man joker på sit middelmådige aftenskolespanske, men det væsentlige er trods alt budskabet: Øllen skal være så is-piskende kold, at glasset dugger, og der flyder flager af drivis under toppen af skummet. Ja, dén sætning må hun lære sig og lire af næste gang. Haha, det må hun lige huske. La cervesa tener que estar frio como hielo ... øh ...is-piskende? Mon det står i en ordbog? Hun bliver trukket blidt i armen. Det er hendes mand.

Nå-ja, først hente bagage. Det er heller ikke lykkes denne gang at pakke light. De skal trods alt være væk 3 uger. Og kufferternes indhold afspejler en bred vifte af forventninger til ferien. Der er både krimier, romaner, solcreme, t-shirts, shorts, badetøj, aftenkjoler og løbesko, svømmefødder og kikkerter, treo og quizblade og ingen paraply .

Hun glæder sig til at ligge og læse i solen. Kun afbrudt af kolde dyp i pølen og iskolde drinks. Glæder sig til at genbesøge den gamle tapasbar i Almunecar. Er det Fransisco I eller II? Det kan hun aldrig huske, men de ligger med 50 meters mellemrum, så de er til at finde. Den, der ligger højst oppe, er den gamle tapasbar med skinker hængende fra loftet, autentiske plakater fra tyrefægtninger og de store tønder i baren med både hedvin, rød- og hvidvin. Hver gang de er der, smager de dem, de tidligere har smagt, og vurderer, om de stadig holder ratingen i forhold til de nye, de også smager.

Man får en tapas til hvert glas, så det er også en fin måde at spise aftensmad på. Det er endnu et tip, hun har fundet i Guldbogen.

Den Fransisco, der ligger længere nede, har en lille hyggelig udendørs spiseplads og er mere fin i det, men ikke så fin at de ikke lige løber op til Fransisco Tapasbaren og henter en gang Pulpo Galego, når de selv er løbet tør for denne eksklusive blæksprutteret.

Nu sidder de på en hyggelig, lille restaurant, Balale, helt nede ved vandkanten. De har netop sat bagagen af i huset, de har lejet. Et rigtig godt spansk hus med lille svømmepøl og patio. Det skal nok blive godt. Hun nipper til sin drink mens hun bladrer i Guldbogen, den lille bog fuld af fifs - En slags anderledes rejseguide. Den er ret sjov, synes hun. Masser af gode tip og heldigvis et langt afsnit om Almuñecar, hvor de befinder sig:

Gik lang tur ned af bjerg og blev samlet op af min tro væbner og dejlige mand, hvilket er een og samme person. Søgte efter minigolf, og fandt det. På det store røde skrummel-hotel, men det er kun for deres egne gæster. En indlogering ville føre for vidt, så vi sprang minigolfen over og gik i stedet på strandbar.

På Alhambra Bar fik vi varme smil og kolde øl, grande cervesas, efterfulgt af Caprinhas, oprindelig en brasiliansk drik bestående af sukkerørsbrændevin, rørsukker, lime og masser af is, men de er gode til at lave den her.

Det rigtige fine ved Alhambra Bar er, at den ligger lige ved strandboghandleren. Så kan den ene af os bare blive siddende med en drink, mens den anden af os kan kigge på bøger - en fin ordning, fin for ham og fin for mig - en slags fin-fin, som det vist hedder.

Kom til at købe Sun Tzus krigsbog på spansk/engelsk. Smart koncept: man læser først siden på spansk, og når man indser at man fatter hat, kan man læse samme side på engelsk. Det var så mindre smart at købe lige den bog, tror det bliver for anstrengende at kaste sig over både filosofi og sprogindlæring på samme tid.

Vil købe et par spanske bøger mere; må prøve Jane Austen næste gang.

Åh, alle de bøger hun selv skal nå. Hvilken bog skal hun starte med? Hun gennemgår dem i hovedet. 'Lyserøde drømme' eller hvad den nu hedder, ligner unægtelig noget, der har puke-faktor 8. Sukkersødt pladder, tænker hun irriteret. Men det er nu meget hyggeligt med bøger, der ikke fordrer noget som helst af en. Hvis man har glemt hvor man kom til, da man faldt i søvn under parasollen, og bogen røg ned på fliserne, gør det ikke så meget. Og hvis den ryger videre ned i pølen, gør det heller ikke så meget. Hvis der er noget tilbage af bogen, kan man starte og slutte hvor som helst uden at gå glip af noget væsentligt. Hun har også en stribe gode krimier med. Ja, hun har læsestof nok, men hun vil helt sikkert også lige et smut forbi den strandboghandler. Jane Austen? God idé. Hun vender en side i Guldbogen. Sikke mange gode tips der er. Men, hov! Hvad er nu det?

"Prøv lige at høre her, er det ikke lidt mærkeligt?" Hun prøver at fange sin mands opmærksomhed. Det er ikke nemt, for han er i gang med at fange en tjeners opmærksomhed, hvilket heller ikke er nemt for tjenerens opmærksomhed er rettet mod en meget ung señorita, hvis opmærksomhed i den grad er rettet mod sig selv og nogle trutmunds-selfies.

Hun vælger at ignorere al den fordrejede opmærksomhed, fortsætter ufortrødent, giver den en ekstra tand på volumen og læser meget, meget højt så damen ved nabobordet farer forskrækket sammen.

- BALALE - TIRSDAG AFTEN, råbelæser hun,
SIDDER HER OG AFVENTER LENGUADO PLANCHA! Skønt de sidste ord ikke råbes helt så højt som de første, har hun nu hele restaurantens udelte opmærksomhed.

"Hvorfor råber du sådan?" Hendes mand rynker brynene og lægger hovedet let på skrå.

Hun smiler og peger ivrigt på Guldbogen. "Det var den her bog, jeg læste højt fra."

"Jeg hørte godt, du læste højt."

"Ja, er det ikke sjovt, at vi sidder her på Balale, den restaurant som hende Guldbogsforfatteren har siddet på? Og jeg skal også have søtunge. Ligesom hende. Og jeg har faktisk ikke læst lige præcis det afsnit før nu. Det er da skægt. Synes du ikke?"

Hendes mand smiler træt. "Jo, skål, skat." Han hæver glasset med den boblende Siglo Cava.

De sidder stille lidt og betragter solnedgangen over den lille bugt. Så ser han mildt på hende.

"Det har været en lidt lang dag, ikke?"

"Hvad mener du?" siger hun.

"Du ved godt, det er dig selv, der skriver de der guldbøger, ikke?"

"WHAT?!"

"Du har selv lige skrevet det, du læste højt."

"Nå! Ja, men så er det jo ikke så mærkeligt det med søtungen ... "

Han aer hende blidt på kinden. "De her rejsedage er altid sådan lidt ..." han tøver, "ja, de er lidt hårde ved dig, ikke min skat?"

Hun mærker det brænde i øjnene. Jo, det er rigtig hårdt. Alle de drinks i flyveren, alle de spørgsmål, om der skal is i drinken eller ej, og om der skal være brus i vandet eller ej. Det er jo lige meget, det med vandet, det drikker man jo ikke alligevel. Og så alt det bagage man skal slæbe rundt på. Alt det toldfri man skal nå at købe i lufthavnen, maratonen mellem junglen af udlejningsbilerne og tagen stilling til om det skal være en cabriolet eller ej. Alle de tanker om, hvad de skal nå på ferien. Hvad hun skal læse, hvor de skal spise. Hun er virkelig udmattet. Hun snøfter. "Ja, det er faktisk rigtig hårdt. Jeg glæder mig til at slappe helt af i morgen. Skal vi ikke bare blive ved pølen hele dagen?"

Han smiler kærligt til hende. "Jo, min skat, lad os gøre det."

Epilog:

Og det gjorde de. Og hun læste halvanden side i den lyserøde bog og tabte den så med vilje i pølen for at se, om den ville tage skade, men da hun senere ville fiske bogen op for at undersøge det, var det tid til en 'sundowner', og så kom hun bare væk fra det.

Tak fordi du læste med.

Du er også velkommen på www.bogrum.dk